WoWo

Friedhelm Kändler

Das Leben ist ESO

Worthe ater

Wehrhahn

Bibliografische Information der Deutschen Nationalbibliothek
Die Deutsche Nationalbibliothek verzeichnet diese Publikation in der
Deutschen Nationalbibliografie; detaillierte bibliografische Daten sind
im Internet über <http://dnb.ddb.de> abrufbar.

5. Auflage 2013
1. Auflage im Wehrhahn Verlag
www.wehrhahn-verlag.de

Satz und Gestaltung: Matthias Göke, Friedhelm Kändler
Ein Dank an Toofan für die Fotos und an Mike für den Samen.

Druck und Bindung: Aalexx Buchproduktion, Großburgwedel

Dieses Werk darf, auch in Teilen, nur auf Grund eines
schriftlichen Vertrages mit dem Autor aufgeführt,
vervielfältigt oder in anderer Weise verwertet werden.

Alle Rechte vorbehalten
Printed in Germany
© bei Friedhelm Kändler und Wehrhahn Verlag
ISBN 978-3-86525-409-2

www.friedhelmkaendler.de

INHALT

FREME BEKANNTE 9
DIE KRONE 15
DIE BERUFUNG............... 16
ERWACHEN 18
GENESIS..................... 19
PROLIGIÖSE REFLEXION 20
WO DU VERGEHST............. 24
WILDER HONIG 26
ELSE 30
PREDIKT 31
DAS PROBLEM (Vers. II)......... 42
ANGST (Vers. II) 44
DREI PHILOSOPHEN 48
DER MUSENKUSS.............. 49
ACH 58
MEIN LETZTES WORT.......... 59
DER SCHAUSPIELER 66

WOWOETISCHES MANIFEST	70
TERMINOLOGIE	71
WAS WOWO SEI	72
DIE BALANCE HALTEN	76
DIE EWIGKEIT	78
LEGENDE	79
ÜBER DIE ZEIT	88
STERNENZEIT	92

Foto: Toofan Hashemi

FREME BEKANNTE
Prolog zum Worthe Ater

Wir fangen etwas später an. Weil – ein Buchstabe fehlt noch. Un Sprache wir a-urch frem. Aners ...

(kurze Irritation)

Aber egal – ich enke, es kann mit em, was fehlt, gelebt weren. Ich enke, wir können urchaus auf eines jener Elemente, mit enen wir uns verstänigen, verzichten. Wir sin ja trotzem, trotz es Fehlens in er Lage, unsere Geanken un Ieen mitzuteilen.

Meine Amen un Herren – wie wichtig ist ie Vollstänigkeit unserer Worte? Welche Beeutung kommt er Behinerung urch as Fehlen eines Buchstabens zu?

Lassen sie mich – kurz – unsere Sprache mit einem Gebäue vergleichen. Ein Haus, as auf mehreren Pfeilern ruht, verschieenen Trägern ieses Hauses. Ist einer ieser Träger nicht vorhanen, wir as Haus weiterhin bestehen bleiben, wir weiterhin bewohnbar sein.

Ich kann weiterhin verstanen weren, mein Enken un Fühlen über as Meium er Sprache vermitteln.

Och!

Meine Freune, ie Gäste, ie ich in mein Haus lae – un hier finet, begrünet urch ie an sich unbeeutene Behinerung eine Veränerung statt – ie Menschen, mit enen ich ree, mich verstänige, ie as Beürfnis haben, mit mir zu sprechen – es weren nicht iejenigen Menschen sein, ie sich urch as Fehlen einer Stütze es Gebäues meiner Sprache verunsichern lassen, meine Unfähigkeit in en Mittelpunkt essen stellen, was sie zur Sprache kommen lassen.

Aners gesagt: Ich were weniger Freune haben.

Aber as weren iejenigen Menschen sein, eren Aufmerksamkeit ich vertrauen arf. Menschen, ie wirklich hören wollen, was ich zu sagen habe.

As aber ist, enn ein zeiter Buchstabe fehlt, un ann ein eierer, ein rier?

As Haus meiner Ore üre ackeln, es üre schanken. Em Fehlen reier meiner Buchsaben komm eine unverhälnismäßig größere Beeuung zu, größere Ichigkei als em Fehlen nur eines meiner Buchsaben. Ich ere es um einiges scherer haben, mich mizueilen, ihnen versänlich zu machen.

Ich arf nich so ie ie aneren geankenlos reen, einfach sprechen, ie meine Ore kommen. Ich habe Zugesännisse zu machen, sorgfälig auszuählen, in elche Ore ich mein Enken kleie. Ich muss auf Ore verzichen, muss Umege meiner Sprache gehen, ill ich von meinen Hoffnungen erzählen, meine Probleme iergeben, meine Ünsche un Rauer.

Ich ere noch versanen. Och nur mi Mühe, un manche Ore bleiben bereis auf er Srecke.

As nun äre, üre ich immer eier erau? Er viere Uchsae üre mir gesohlen – un ami nich genug, er üne üre auch noch ehlen?

Ün Uchsaen, meine Amen un Herren,
üer ie ich nich verüge.

Ich ehaupe – ich enke, ass es möglich
äre, in em Haus meiner Sprache rozem
ie in jeem anerem noch immer zu ohnen
un zu versehen.

Ich enke, ass sie nach einer Zei es Hörens, einer Zei er Geohnhei ie Uchsaen,
ie Räger es Geäues meiner Sprache, ie
ehlen, nich mehr vermissen üren. Sie
üren nich sänig urch ie ehlenen Uchsaen agelenk eren, verunsicher au Grun es
Ehlens er Peiler, au enen as Haus meiner
Sprache nich seh. Sie üren as Ehlen nich
mehr emerken, nich mehr ahrnehmen,
sonern hören, as ich ihnen zu sagen hae,
ihnen mieilen ill.

Ich kann ie Norm er Sprache nich erüllen, och ich kann mich noch immer versänigen.

Meine Amen un Herren –

In ich enn verpliche, ie Orerung einer
Mineszahl an Lauen zu erüllen, ami sie
erei sin, mir zuzuhören?

Ich eiß um eine große Zahl Menschen, ie summ rauern. Sill. Ihr Einen lei ungehör. Menschen, ie gelern haen, nich zu schreien, nich auzuegehren. Enn üren sie schreien, üren sie auegehren, üren sie soor au ie ehlene, au ie scheinar uneing noenige Zahl an Signalen veriesen eren, aus enen Sprache eseh un üer ie sie nich verügen.

Veriesen au ihre Unähigkei, egen er sie schreien, auegehren. Un ann ieer sill sein eren, summ. Rauern.

Ich eanke mich ür ihre Geul un ich ie sie, ihr Vermögen, en Reichum ihrer Sprache mi en aneren, ie eniger haen, zu eilen.

Vielen Ank.

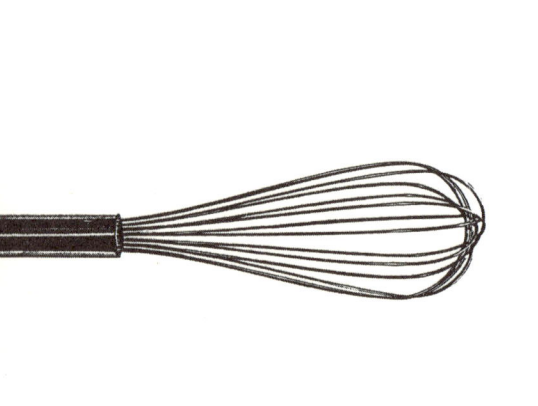

DIE KRONE

Ein Schurke
wer Böses denkt

Ein Wesen, den Himmeln gleich
wer Zeit seines Lebens den Glauben
bewahrt

Trotz aller besseren Erfahrung

Hingerichtet
auf das Gute

Der Mensch ist die Krone der Schöpfung
und Gott ist ein Zahnarzt

DIE BERUFUNG

Ich hatte eine Vision!

Es war ein kleiner Landstrich am Meer. Ein Mini-Strand.

Und wie er da vor mir lag – ich wusste nicht: Was soll es mir heißen?

Ein Ministrant...

Und ich schaute dahinter und ich sah: Wasser! Ich sah Wasser, das Symbol der großen Fragen:

Wass'er mir sagen will...

Doch noch immer wusste ich nicht: Was soll es mir heißen?!

Und ich schaute wieder dahinter und ich sah: Boote! Ich sah Boote, und ich verstand.

Ich bin der Bote!

Ich bin auserwählt, die Proligion* zu verkünden.

Und ich rief: Nein!

Doch da sah ich einen großen Fisch. Und der große Fisch verschwand. Und da wusste ich: Ich habe keine... Wal.

Also ergab ich mich *(würg...)* und war b'reit.

Bereit...

---

* **Proligion**, die – (Freiung), nach vorn gewandte *Ligion* der Schöpfung, seit ca. 2001, Kritik der determinierten Hoffnung, Gegenbegriff zur rückwärts gewandten *Religion* (Bindung). Der *Revokation* (verborgene Provokation) traditioneller Glaubenssätze entgegnet die Proligion mit Thesen wie die der *Beseeltheit von Suppen* (s. S. 18) oder der *Selbstwahl im Sexuellen* (Kröhlmann). Dabei ist alles Ligiöse »Uns Ich Er« (s. Predikt, S. 33 ff.), lt. Tresant (Das Dogma, 2003) ein »zur Bindung Umworbenes«, dessen Freiung sich »im Dialog letzter Unwissenheit [...] und vorletzter, glaubender Verantwortung« zu bewähren sucht.

ERWACHEN

Die wieder eingesetzte Erinnerung

ein großer Raum
in dem ich zögernd Gestalt annehme
und begreife mein Vorhandensein

Kälte

die mich fortgespült hat
bis ich das Brennen nicht mehr fühlte
kehrt zurück

Noch immer ganz aus Eis
beginne ich Fragen zu entwerfen
erinnere mich an Felder
an Messer

Ich habe mich verändert

Nach dem Schneiden kam die Hitze
nach der Hitze das Eis

Ich bin ein Möhreneintopf
Ich bin aufgetaut

GENESIS

Und Gott setzte sich und schuf die Geschlechtsteile des Menschen.

Es war ein trüber Tag und er hatte schlechte Laune. Und als er fertig war und sah, was er angerichtet hatte, sprach Gott: »Bei mir! Was habe ich getan? Das schaut ja grauslich aus. Das wird mir doch niemand anfassen, niemand benutzen!«

Und Gott setzte sich erneut und schuf den Sexualtrieb. Dann lächelte er und sprach: »So. Jetzt müssen sie.«

PROLIGIÖSE REFLEXION
(Haben und Sein)

Manchmal setze ich mich vor eine Fledermaus und träume. Wie sie da hängt. Verkehrt...

Gibt es etwas Schöneres?

Verkehrt heißt ja, es war zusammen. Es ist der Unterschied zwischen Haben und Sein. Das Leben auf der Haben-Seite: »Ich habe verkehrt«.

Da war Gemeinschaft, war Begegnung, da sind Menschen miteinander glücklich gewesen: »Ich habe verkehrt!« Schön.

Dagegen: Das Leben auf der Sein-Seite...

Die Sein-Seite ist ja die Schuldseite. Wir sagen zu unserem Leben Sein und nicht Mein, weil es uns nicht gehört. Es gehört einem Ihm und irgendwann müssen wir es zurückgeben, ob wir wollen oder nicht. Wenn wir nicht wollen, lässt er es eintreiben.

Und auf dieser Sein-Seite heißt es dann auch: »Ich bin verkehrt«.

Nicht schön. Ich bin nicht in der Gemeinschaft, ich bin falsch, ich gehöre nicht dazu: »Ich bin verkehrt«.

Und jetzt: In der Siebualität...

Die Proligion spricht ja von der Siebualität, im Sinn von ›Noch eins drauf‹, nicht nur Sechsualität, eins mehr: ›Siebualität‹ – weil es was Schönes ist...

Da gibt es ja Menschen, zu denen wir sagen: »Du bist verkehrt«. Menschen, die ihre Siebualität anders leben. Ich sage dazu gern: Die ihre Siebualität eher dichterisch leben. So perVers...

Was sich für uns nicht so reimt. Da kommen wir nicht mit klar. Homosiebualität, Sado, Maso, sowieso... Mit 'ner Tüte über'm Kopf...

»Ruf mich an!«

Was es alles so gibt, das wird ja immer mehr. Im Fernsehen, in der Nacht...

Und – was ich sagen will: Wo kommt das denn her? Dass das so viel geworden ist? Kann das nicht sein – weil wir zu diesen Menschen sagen:

»Du bist verkehrt«?

Denn: Was sollen die machen?! Wenn wir zu ihnen sagen: »Du bist verkehrt« – dann müssen die doch verkehren. Damit alles wieder richtig ist!

Wenn ich verkehrt bin und ich habe verkehrt, dann ist ja alles wieder in Ordnung.

Dann ist es wiedernatürlich!

Aber dann sagen wir wieder zu ihnen: »Du bist verkehrt« – und dann müssen die schon wieder! Weil wir nicht zufrieden sind, weil wir sagen: »Du bist verkehrt!«

Das ist doch siebueller Stress!

Und andersrum ja auch: Wer da von sich meinet, dass er richtig sei – der soll auch nicht verkehren! Denn wer richtig ist und verkehrt, der ist ja dann verkehrt.

Ja...

Wer richtig ist, der soll richten. Aber nicht verkehren.

Wir andern aber, wir schlagen die Dächer über unseren Häusern auf, damit der Mond wieder auf unsere Sofas scheint.

Ja. Liebet euch! Liebet euch!

Verkehrt!

WO DU VERGEHST

Du hast der Jugend Honig gekostet
Und nun stopft dich des Alters Brei
Das Hirn verklebt, die Glieder gerostet
Der Jugend Leichtmut, er ist vorbei

Im Innern wühlt der Jahre Brand
So vieles, das um Hoffnung geschah
Nun sei, was du bist. Ohne Bestand
Jetzt ist die Zeit zum Flattern da!

Jetzt heißt es leben! Was soll noch Treue
Wo du vergehst. Was soll Verzicht?
Vor Narretei und Grund zur Reue
Da schütze doch die Jugend sich!

Denn wenn sie leidet, noch sehr lang
Dein kleiner Rest – komm, setz ihn ein
Es soll die Jugend besser bang
Und voll Vernunft und Größe sein

Du verfällst. Ich kann es sehen
Verfall dem Leben, der Lust – es ist
Manch krummer Weg noch anzugehen
Sei verderblich! Sei, was du bist

Hör nicht auf das Rumgered
Von Würde, Anstand – das ist doch...
Ich sag mal: In der Pubertät
Da braucht's die Orientierung noch

Doch jetzt – der Gesellschaft Stütze
Ein Vorbild, ha! Das schönt das Verrecken
Noch mal zwanzig? Was soll die Grütze
Lass dir des Alters Honig schmecken!

WILDER HONIG

Ob es an der Sendung lag
Die sie letzten Donnerstag
Nach dem Spielfilm noch gesehn...?
»Wilder Honig« – um halbzehn

Wo so einer interviewt
»Ja, ich brauch das – find das gut«
Eine Frau in Latex, schwarz
Nahte, nahm die Rute...

Tat's

Und dann war noch recherchiert
Dass es öfter doch passiert
Als man denkt – Elsa ging
Was sie gesehn, nicht aus dem Sinn

Ob ihr Ralf... Ob auch er
Gern der Liebe Opfer wär?
Ob er's brauchte, hart und roh
Bös gequält – ma' so, ma' so...?

Und hat nur sich nicht getraut
Sie zu fragen: Ob sie haut?

Tät sie! Sicher. Wenn's doch muss

Zum Beispiel:
Statt 'nem Abschiedskuss
Wenn er ging – zur Arbeit. Ja!
Dass er motivierter war

Sowieso – in letzter Zeit
Fehlte die Beständigkeit
In der Ehe Liebvollzug

Ob er's wollte? Dass sie... schlug?

Aah... Sie hat lang nachgedacht
Lag oft wach, die ganze Nacht
Neben ihr – er schlief, und sie
Sah ihn an mit Augen, die
Voller Liebe, doch
Da war im Blick was and'res noch

Ob es hilft? Ob es nützt...?

Er lag da, so ungeschützt...
Wenn sie jetzt... Nicht gefragt
Weil er dann ja doch nur sagt:
»Lass mal, ich bin müde...«

Nein...
Es musste unvermittelt sein

Eines Abends. Nun...
Sie war entschieden, es zu tun

Nur im Nachtgewande stand
An der Tür sie – in der Hand
Dass sie ihre Ehe rette
Nudelholz, Fahrradkette

Kaum dass er zur Tür drin war
Er wusste nicht, wie ihm geschah
War perplex, total verdutzt
Und das hat sie ausgenutzt

Kettete sogleich den Mann
An der Flurgarderobe an

»Elsa, bitte... Reden wir...«

Schon nahm sie das Stopfpapier
Hilft ja, wenn man sich bespricht
Doch: Geknebelt geht das nicht

Und dann hat – erst mal sacht
Was vorweg sie ausgedacht
Später härter – an den Mann
So mit Wäscheklammern ran...

Und dann tut noch höllisch weh
Der Besen für den Eierschnee!

»Wilder Honig« – Und sie war
Eine prima Domina
Die an ihrer strengen Hand
So wie er Gefallen fand

Ja – das lernen wir zum Schluss
Dass nicht immer falsch sein muss
Wenn wir abends um halbzehn
Inspiriert 'ne Sendung seh'n

Ist die Lieb' schon lang nicht mehr
Wie sie soll – stockt der Verkehr
Kommt abends er erschöpft nach Haus

»Wilder Honig«! Probier'n Sie's aus!

ELSE

Else war ein Rübenacker
Auf ihr stand ein Schaufelbagger
Stand so da – was auffällt
Er hat gar nicht geschaufelt

Und die Moral? Lust muss man haben
Um so 'ne Else anzugraben

PREDIKT
(Werden und Sein)

Liebe Gemeinte.

Neulich durfte ich dabei sein, wie ein kleines Kind ein neues Wort lernte. Das Kind konnte schon das Wort ›Mama‹ sprechen – Mama heißt ja aus der Kindersprache übersetzt: »Mach mal«...

Und nun lernte das Kind ein zweites Wort. Die väterliche Aufsichtsperson stand vor der Wiege und das Kind brachte seinen Trotz zum Ausdruck – es sagte: »Pah!«

Voller Gegenwehr, mit kleinen geballten Fäustchen, sogar zweimal: »Pah pah!«

Wie wichtig war dieses Ereignis! Ein kleiner Mensch entdeckt die Trotzkraft, den Eigensinn, ja – den Widerstand.

Natürlich bewegte dieses den Vater sehr, doch dann siegte das Herz und er lächelte. Er wusste um seine Aufgabe, seine

Bedeutung für dieses kleine, heranwachsende Wesen. Denn der Vater ist ja der Mensch, der uns ins Leben weist, der uns den Pfad angibt – darum heißt es auch: Pfater.

Zugleich aber hat er die Aufgabe dessen, gegen den wir uns wehren, uns auflehnen, auf der Suche nach dem Eigenen. Der Pfater sagt uns, wo es langgeht – und wir antworten mit einem doppelten ›Pah Pah‹.

»Wir wollen unseren Weg selber finden.«

Aber seien wir doch einmal ehrlich. Was wären wir ohne diese Auflehnung? Gehorsame Kinder in einer geordneten Welt, in der es keine Veränderung mehr gibt, alles bleibt beim Alten, wie es der Alte angibt – ja, langweilig, pfad, mehr noch:

Eine nur gehorsame Existenz ist eine Existenz ohne Verantwortung!

Sicher, unsere Kinder brauchen Sicherheit, sie brauchen Vertrauen – darum spricht die Kirche ja auch von ›Vati kann‹.

Aber nur Gehorsam, Ergebenheit – das führt zu einer schicksalsgläubigen Existenz, zum Vaterlismus.

Es fehlt der Eigenwille, die Bereitschaft zur Auflehnung. Die wir als Trotz erfahren, als Widerstand – als Generationenkonflikt: Die Väter meinen, dass die Kinder vom rechten Pfad abkommen, und die Kinder sprechen von ›Feta-Käse‹.

Mit Recht! Wenn wir unseren Kindern nicht den Raum zum Eigenen geben!

Ich möchte aber auch kurz auf die Rolle der Mutter zu sprechen kommen. Die Mutter ist ja ebenso von hoher Bedeutung für die Vertrauensentwicklung des Kindes, nicht so sehr im Intellektuellen, mehr im Emotionalen – von der Mutter erhalten wir unseren Lebensmut – im Sinn einer Steigerung:

Steigere ich das Wort ›fit‹, erhalte ich ›fitter‹, steigere ich ›Mut‹, erhalte ich ›Mutter‹.

Und auch hier kann es bedenklich werden, ähnlich wie bei dem übertriebenen Gehorsam des Vaterlismus. Erfährt dieser kleine Mensch zu viel Zuwendung, zu viel Bestätigung, kann es schon mal zur Muttertion kommen:

Zu große Selbstsicherheit, ein Mangel an Kommunikationsfähigkeit – ich weiß alles besser, ich bin stark: »Komm, wir gehen China erobern« – »Ja, mach Ma ma.«

Liebe Brüder, liebe Schwestern, liebe Einzelkinder – worauf will ich hinaus?

Die Selbstsicherheit des Menschen, oder – wenn wir kurz ins Griechische gehen: ›Auto‹ kommt aus dem Griechischen und heißt übersetzt: ›Selbst‹.

Und nun schauen wir, wie viele kleine Selbste an den Straßenrändern stehen. Am Sonntag Vormittag werden sie geputzt, und dann setzen wir uns zusammen und klagen über den Mangel an Parkplätzen.

Ein anderes Wort für Auto ist ›Wagen‹ – womit ich wieder bei der mütterlichen Frage des Mutes wäre. Und was passiert denn, wenn wir unser Selbst benutzen, es benutzt haben, wie heißt es dann?

Dann heißt es: »Ich bin gefahren. Wir sind Gefahren.«

Wissen wir das? Wir sind Gefahren, wir sind Risiken? Wir sind der Grund für die Unsicherheiten in dieser Welt? Wenn wir unserer Selbst benutzen, unser ›Auto‹.

Lassen Sie mich den Weg der Führworte gehen – Führworte haben ja den Sinn, dass sie uns führen – darum heißt es ›Führworte‹. Nehmen wir einmal das kleine Wörtchen ›Uns‹ als Ausdruck für die Gesellschaft, die Forderungen der Gemeinschaft, und das kleine Wörtchen ›Er‹ für Gott, als Begriff der Religionen und ihrer Gebote.

Und nun fügen wir noch das kleine Führwort ›Ich‹ da mitten hinein, als Wort für den Menschen, der sich innerhalb der Forderungen von Gesellschaft und Religion bewähren soll. Was erhalten wir? Wir erhalten den Begriff ›Uns ich er‹, den Lebenszustand ›Uns ich er‹. Das kleine Ich, umzingelt von den Geboten von Gesellschaft und Religion:

›Unsicher‹.

Das sind wir. Wir sehnen eine Welt der Klarheit, der Geborgenheit – im Sinn des Vati kann, eine geordnete Welt, erklärt in der komplexen, aber eindeutigen Sicht eines Einstein. Doch wir leben in einer Welt des Zweifels.

Zwei Fels, nicht Einstein. Es ist Uns-ich-er.

Vielleicht, weil wir nicht mehr vermögen? Lateinisch: Mens – der Geist. In der Form der Verniedlichung: Mens-chen...

Das sind wir? Kleine Geister...?

Damit leben, es anerkennen – wie viel einfacher ist es doch zu glauben, dass wir wissen. Wir kennen die Wahrheit!

Ja... Wie sicher schien es, dass die Erde eine Scheibe ist, und dann hieß es doch einzusehen, dass sich diese Scheibe...

Wellt!

Es ist keine Scheibe, es geht nicht an den Rändern herunter und ein gigantischer Abgrund tut sich auf – nein, es geht immer weiter! Der Horizont, er wandert mit, der Horizont unserer Erkenntnis, er bleibt nicht stehen. Er bleibt nur stehen für den, der sich nicht bewegt.

Erinnern wir uns an das ›Pah Pah‹ des Galilei gegenüber dem Vati kann. Das Kind hatte Recht!

Wenn ich stehen bleibe, kenne ich die Wahrheit. Doch wenn ich bereit bin, mich zu bewegen...

Meine Damen und Herren, liebe anders Gestaltete...

Wir sind unterwegs. In der Uns-ich-er-heit dieser Wellt. Und es bleiben Zweifel, bleiben Fragen, all unserem Fortschritt, unserem eroberten Wissen zum Trotz führen wir doch noch immer ein Leben – wie die Nomaden:

Wenn ich ›nur Wüste‹...

Auf dem Weg in ein verheißenes Land, und es ist heiß! Auf unserem wüsten Weg – auf Zukunft hin, die konjunktivische Existenz: ›Was würde?!‹

Der Konjunktiv ist ja im Grundgesetz verankert: »Die Würde des Menschen ist unantastbar«.

Ja! Etwas, das wir immer neu zu schaffen haben, das sich Tag für Tag neu zu bewähren hat. Die Zukunft, das Werden – das ›Werdenn‹ vermag ich zu sein? Wer denn?!

Es ist uns-ich-er...

Zugleich aber bedeutet diese Uns-ich-erheit die große Chance, dass wir unser Leben gestalten dürfen.

Auf die Gefahr, dass es unsere Angst kostet, unsere Angst schmeckt wie ein wildes Tier: Die Welt dreht sich, verändert sich, der Weg ist nicht für die Kinder der gleiche wie für die Väter. Es gibt mehr als ein ›Sein‹ – ein klares, einziges, für alle immer gleiches ›Sein‹.

Es ist eine Vielfalt, so dass es besser heißen sollte: Nicht ›das Sein‹ – nein, mehr: ›Die Seine!‹.

Der Schöpfungsbegriff: ›DieSeine!‹

Wir leben in einer DieSeinerWellt! Eine geschaffene Wellt, gestaltet – wobei, wenn ich es weiblich ausdrücken will, das geht auch, ich nehme statt ›Seine‹ ›Ihre‹, dann abzuleiten vom Kredo, der Glaubensaussage:

›KreIhre‹...

Der weibliche Schöpfungsbegriff.

Und das ist unsere Aufgabe. Aufgabe im Sinn von: »Ich gebe auf!« Immer neu – was ich so sicher gemeint, gewusst, geglaubt habe. Ich lasse meine Zweifel zu. Ich bin wieder bereit zu Höh'rem!

Kann es nicht sein, dass der Zweifel uns liebend macht?

Muss ich nicht, um diese Welt zu begreifen, aufgeben, was ich dafür halte?!

»Pah!«

Ich gebe auf – und ich nehme meine Aufgabe an. Ich schöpfe diese Welt!

KreIhre dieSeine!

Wir sind Geschöpfe, ja! Doch wir sind auch Schöpfende. Wenn wir die Verantwortung übernehmen, nicht einfach sagen: »Ma ma!« – und es passiert schon. Wenn wir auch bereit sind zu den unbequemen Antworten der Auflehnung gegen das Bestehende:

»Pah Pah!«

Wenn wir wieder zu Kindern werden, in einer Welt des ZweiFels, uns-ich-er. Doch wir wagen unsere Welt, unser fantastisches, geschöpftes Leben.

Und so rufe ich auch heute Abend wieder mit Freude: Lasst uns diese Welt schöpfen!

Kreihre dieSeine – schöpfe deine Welt!

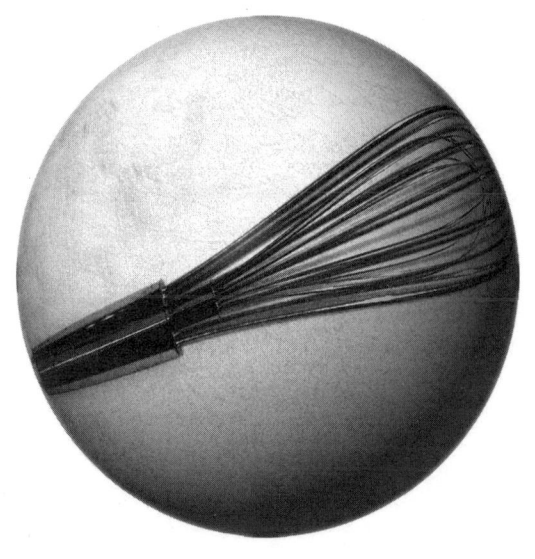

Kreiere DeSigne

DAS PROBLEM (Vers. II)

An dieser Stelle ein organisatorischer Hinweis. Es gibt einen baupolizeilichen Erlass, der bereits in zweiter Lesung vorliegt, dennoch kann damit gerechnet werden, dass es noch dauert.

Entsprechend diese Ansage:

Wenn sie in der nun folgenden Pause den Raum verlassen, um vielleicht ein wenig im Foyer zu flanieren – bitte beachten sie:

Sie verlassen den Raum durch eine nicht zugelassene Tür.

Dieses muss angesagt werden – die sicher unglückliche Ausdrucksweise des Zulassungserlasses für Türen ist erst seit Kurzem auffällig geworden, und es gibt auch das Einvernehmen, dass eine Ansage ausreicht, die Gefahr der Bestimmungsverletzung, die ja auch bei Nichtwissen – also, anders gesagt:

Das Durchqueren des Türenbereiches geschieht auf eigene Verantwortung, und es ist ja vielleicht sogar mal ganz angenehm, solange der Erlass in bisheriger Form vorliegt und weil es anders nicht möglich ist, im Einverständnis des Hauses etwas nicht Erlaubtes zu tun.

das ist umständlich ausgedrückt! Das kannst du besser!

ANGST (Vers. II)

Ein weiterer Hinweis: Wir erleben es sehr häufig, dass es in der Pause im Toilettenbereich zur Schlangenbildung kommt. Und dieses ganz besonders vor einer Tür.

Wir möchten sie auffordern, im Sinne: Wir sind erwachsene Menschen, es ist ein angenehmer Abend – lassen sie sich nicht durch kleine Schilder aufhalten, nehmen Sie einfach die Tür, die da ist.

Es ist gegen die Vernunft (besonders gegen die Vernunft der Eile), es ist in der heutigen Zeit eine überholte Gewohnheit, es macht keinen Sinn:

Links bildet sich eine Schlange und rechts wartet der Raum.

Und sie werden auch in der anderen Örtlichkeit alles finden, was für die kleine Bedürftigkeit zur Zufriedenheit reicht. Ich denke, die Zeit ist so weit, dass wir die Geschlechtertrennung im Öffentlichen, die Angst, dass wir uns nicht begegnen dürfen...

Das ist ja, wenn ich kurz noch ausufere:

Wenn sie nur einmal darüber nachdenken, dass die wunderschöne Verschiedenheit, die uns auszeichnet (also: verschieden im Sinn von lebendig, nicht tot), dass wir im Deutschen dafür das Wort ›Geschlecht‹ benutzen – als sei daran irgendetwas geSchlecht!

Das ist doch geGut! Und – wenn es mehrere sind, dann sagen wir »GeSchlechter«. Was ist daran geSchlechter? Allein ist geGut, aber zu zweit ist GeBesser! So kenne ich das.

Im diesem Sinn: Wenn sie in der nun folgenden Pause toilettieren gehen...

Ein wunderschönes Wort! Toilette...

Das kommt aus dem französisch-englischen. Toi – der Teufel, kennen sie: Toi toi toi! Und englisch ›let‹ – lassen, also: Den Teufel rauslassen...

Auf jeden Fall ein schöneres Wort als
›Klos (:ß)‹. Da ist mir zu plastisch. Oder
›Stilles Örtchen‹. Stimmt ja auch nicht
immer.

Ich denke, ich bin verstanden worden...

Ich sehe jetzt noch einige Gesichter, die
bedenklich schauen. Von wegen, dass es
zu weit geht mit der Freiheit...

Ich kann das verstehen. Ich war persönlich erst vor kurzen auf der Herrentoilette und habe mir vorgestellt, dass
ich dort – also: rein gegutlich – auf der
falschen bin. Das war ganz schön unheimlich.

Ich mache ihnen folgenden Vorschlag.
Das hat sich schon bei anderen Veranstaltungen als ein gesunder Kompromiss bewährt...

Viele von ihnen wissen ja noch gar nicht,
wie es bei dem anderen Gegut aussieht.
Also, hinter der Tür. Deswegen trauen
wir uns da nicht hin, wir wissen nicht
– was springt mich da an, bekomme ich
dort alles, was ich brauche...?

Machen wir es doch erst einmal so, dass in dieser Pause alle M's für D gehen und alle D's für M. Für ein erstes Kennenlernen. Und so kann auch nichts passieren, so kommt es weiterhin nicht zu Begegnung. Aber wir lernen diese fremde, unbekannte Gegend kennen, die uns eigentlich dienlich sein kann – wir verlieren die Angst...

Ja.

Nur – wenn wir das so machen, dann ist es wichtig, dass sich auch alle daran halten. Weil – sonst bricht das Chaos aus. Wenn einige machen wie früher und einige wie neu...

Auf dem Weg in die Freiheit ist die Ordnung von höchster Bedeutung!

In diesem Sinn wünsche ich ihnen eine angenehme, erlebnisreiche und begegnungsfreudige

Pause.

DREI PHILOSOPHEN

Saßen Philosophen
Drei vor einem Ofen
Gab es einen Krach
War es ab, das Dach

Kamen Nachtigallen
Ließen etwas fallen

Sprach der Erste: »Nun
Wir müssen etwas tun«
Sprach der Zweite: »Ja
Es ist sonnenklar«

Sprach der Dritte froh:
»Wir lassen alles so
Es ist gut zu wissen
Wir sind angeschissen«

DER MUSENKUSS

Zweifel im Gesicht er
Muss da sprach der Dichter
Rein wies in der Hand
Einen Nagel auf die Wand

Die und hob den Hammer
Nackt in seiner Kammer
Einzig ungeschmückt
Nun mit einem so es glückt

Bild moderner Art er
Wie es einst der Vater
Tat zu zieren bang
Richtung Hand den Hammer schwang

Dachte noch ich schwing er
Ist im Weg der Finger
Falsch vom Worte her
Alles bestens richtig wär

Haute zu und traf den
Nagel schrie er warf den
Doppeldeut'ges Wort
Nagel Hammer fluchend fort

Schrieb Schmerz wohl'ger Schauder
Tage später trau der
Deutschen Sprache nicht
Worte trügen ein Gedicht

Über Nägel Musen
Küssen Dichter schmusen
Manchmal nehmen sie
Hammerschläge Poesie

Zu entfachen unter
Schmerzen schrieb er wund der
Finger in der Kunst
Ist auch Leiden eine Gunst

Ist schrieb er Gewinn der
Sprache Wirrnis Sinn er
Lautet Vorsicht heißt
Wie beim Nageln gib entgleist

Auch nur eines Wortes
Schlag dir acht dass dort es
Mensch nicht ob in Schrift
Oder Ton dich selber trifft

Ja mit Sorgfalt klopf des
Wortes Nagelkopf es
Schmerzt zuweilen sich
Selbst zu treffen fürchterlich

Und in seinem Zimmer
Jenes das ja immer
Noch nicht hing das Bild
Aufzuhängen nahm er wild

Entschlossen es zu tun
Den Hammer sprach und nun
Folgt der Theorie
Die Konkrete Poesie

Sprach es folgt die Tat mein
Erster Schlag er ward ein
Böses Eigentor
Aber nun Wand sieh dich vor

Worte sind gern klug er
Holte aus und schlug der
Hammer dessen Stiel
Er konzentriert auf sein Ziel

Nicht halten konnte flog
Ihm aus der Hand zwar zog
Er die and're dort
Die den Nagel hielt schnell fort

Jedoch mit Gewalt der
Hammer ohne Halt er
Traf und das tat weh
Unten den Poetenzeh

Auf den Nagel schlage
Schicksal schrieb er Tage
Später mich und küsst
Musen wenn ihr küssen müsst

Schmerzt es auch ein Dichter
Fühlt was and'rer nicht er
Hat den Nerv nicht kennt
Schrieb in meinem Innern brennt

In der Zehe Herd ein
Feuer daraus werd ein
Glühend Eisen Kunst
Das ich in der Flammenbrunst

Aus dem Schmerz mir schmiede
Schrei'n am Punkt der Siede
Ungenutzte nicht
Geformte Töne ein Gedicht

Daraus zu kreieren
Sich mir zu schrieb ihren
Klängen abgelauscht
Vom Gesing der Qual berauscht

Daraus das Enorme
Wie ich's Welt mir forme
Binde mit der Kraft
Schmerzgebor'ner Leidenschaft

Kunst sie zu gebären
Das willst du mich lehren
Qual der Poet er
Schafft wo and're mit Gezeter

Grad noch reagieren
Laute Luft aus ihren
Röhren stoßen die
Höh're Welt der Poesie

Dieses und er schrieb es
Lehrt der Schmerz mich gib des
Zieles Wille auf
Mensch und nimm dich selbst in Kauf

Nageln ist ein Handwerk
Was ich an der Hand merk
So wie auch am Zeh
Nageln ist nicht mein Metier

Bin Poet bin Dichter
Mancher kann das nicht der
Nägel trifft vermag
Nicht wie ich mir Brücken schlag

Und mir Tunnel bau der
Sprache Sinnenstau der
Worte Taumel dann
Zu kreieren was ich kann

Dichtkunst heißt mein Leben
Hammer ich daneben
Hau mich selbst was soll's
Und er nahm den Hammer stolz

Sprach er sei es drum es
Mag verkehrt sein dumm es
Ist egal und schmerzt
Es auch rief er trat beherzt

Zur Wand es inspiriert
Holte aus wer sich ziert
Wer zu leiden nicht
Schmerz ist eine hehre Pflicht

In der Kunst bereit der
Kommt auch sonst nicht weiter
Haute zu und Schluss
Er war zu stark der Musenkuss

Es stand in der Zeitung
Dichter trifft die Leitung
Untertext Poet
Alle Hilfe kam zu spät

Unter Strom daneben
Stand wofür zu leben
Lohne ein Gedicht
Aber das verstand man nicht

Kam erst Jahre später
Das was der Poet er
Hat den Hammerstil
Kreiert sagen wollte Ziel

Der Kunst die nicht Zwecken
Dienen die entdecken
Will kann nur allein
Sie die Kunst sich selber sein

Keiner Not verpflichtet
Als der eig'nen dichtet
Sich das Wort zur Kraft
Die statt Altbewährtem schafft

Was neu meine Kunst sie
Mag der Menge Gunst nie
Gewinnen entsteht
Aus dem so schrieb der Poet

Scheitern aus dem Sagen
Das sich fehlt verschlagen
Hat und was ich traf
War ich selbst ein Dichter darf

Muss was eigentlich er
Will verlieren sicher
Find ich was ich kenn
In der Irre lebt das nenn

Ich wofür zu leben
Lohne jenes Streben
Meines Selbst das ich
Lieb es immer anders mich

Trifft ein Bild ich häng es
Auf denk ich und peng es
Schmerzt der Nagel da
Es mein eig'ner Nagel war

Ist so gleich das Wehe
Wenn ich einmal gehe
Sterbe werd ich einst
Lach dann lach denn wenn du weinst

Glaubst du doch ich habe
Mich verzielt die Gabe
Wo ich treff mein Ziel
Und das nenn ich Hammerstil

Anzunehmen lachen
Sollst du Sprünge machen
Die besitze ich
Noch im Tode treff ich mich

Lach wenn Musen küssen
Lach wir alle müssen
Sterben und das heißt
Doch nichts and'res als dem Geist

Der Kunst zum Kusse sich
Hinzugeben küsse mich
Wie es dir gefällt
Schöne unbekannte Welt

ACH

Was muss der Mensch oft grübeln
Der sich dem Gedichte naht
Soll's doch keiner ihm verübeln
Wenn er sich dasselbe spart

MEIN LETZTES WORT

Ich bin ja jetzt aufgenommen.

Ich bin offizielles Mitglied im Internationalen Kongress der Dichter – darauf bin ich sehr stolz. Ich habe ein Gedicht eingesandt, ein Einwortgedicht, das ist Bedingung: Man muss mit nur einem Wort seine Dichtkunst darstellen. Und das wird ja auch nicht immer verstanden.

Das kommt aus der Tradition der Dreiecksgedichte, die heißen in der Fachsprache »Pyramidische Gedichte« – weil die immer...

(beschreibt mit den Händen ein Dreieck)

...von einer kleinen Aussage über ein mittleres Bild zu einem großen Ereignis führen, deswegen: »Pyramidische Gedichte«.

Die sind auch immer ganz kurz, weil das Gleichklanggedichte sind.

Ich spreche ihnen mal eines, dann verstehen sie das besser.

(nimmt eine poetische Ausgangshaltung ein, spricht)

Insekten
In Sekten
In Sekten

Jetzt verstehen sie, weshalb »Gleichklanggedichte«. Und das Pyramidische, das finde ich immer so toll, also: Insekten – kleine Krabbeltiere, in Sekten – in Champagnern, in Sekten – in religiösen Gemeinschaften!

Da wird das Bild immer größer und dann sieht man die, wie die so umhergehen und haben eine kleine Ameise im Glas...

Da muss man sich immer etwas hineindenken, dann ist das sehr schön.

Das gibt es ja auch einfacher, also – das sind die zweiwortrigen Gleichklanggedichte, die versteht man immer gleich.

Das sind mehr so Actiongedichte, aber auch sehr schön, zum Beispiel:

(nimmt eine poetische Ausgangshaltung ein, spricht)

>Die Vase
>Das war'se

Da muss man nicht so viel denken. Das mag ich auch.

Und das wollte ich sagen: Die höchste Kunst – das hat sich in dieser Tradition entwickelt – das ist das einwortrige Gleichklanggedicht. Das gibt es international, auf der ganzen Welt, in allen Sprachen, und wer so ein Gedicht hat und das einsendet, der wird dann in den Internationalen Kongress der Dichter aufgenommen.

Da muss aber alles drin sein, das pyramidische, wie das Ereignis größer wird, und auch die Action, alles! Aber das ist ja... Dichten heißt »komprimieren«: Immer dichter, immer weniger Worte, bis hin zum letzten Wort und dann muss ich nicht mehr. Dann kann ich malen.

Und mein einwortriges Gleichklanggedicht, also: Mein letztes Wort...

Es ist anerkannt worden, obwohl... So ganz sicher bin ich noch nicht, ob ich da schon auf dem Höhepunkt meiner Schaffenskunst bin. Es ist ein schönes einwortriges Gleichklanggedicht, finde ich, aber – na ja...

Ich spreche es ihnen mal. Dann können sie selber beurteilen...

(nimmt eine poetische Ausgangshaltung ein, spricht)

              Bodendecke

Ja... Da muss man jetzt auch ein wenig nachdenken. Das ist...

(kurze Unsicherheit)

Schauen sie...

(zeigt nach unten)

Das ist ja hier ein Boden. Nur für diejenigen, die nicht gleich so in das Gedicht reingekommen sind... Also: Das hier ist ein Raum und ein Raum hat einen Boden. Und wenn sie jetzt nach oben schauen: Da ist die Decke. Und in einem Haus – da gibt es ja mehrere Räume, und ganz oben der Raum, der heißt ja auch Boden. Obwohl der oben ist: Der Dachboden. Der heißt Boden, obwohl er oben ist – da weiß auch niemand, warum. Und so ein Dachboden ist ja auch ein Raum, also hat er auch eine Decke, das ist dann die Decke von dem Boden, also: Über dem Boden auf dem Boden die Decke.

Das ist dann die Bodendecke.

Und hier fängt mein kleines Gedicht an, also – nicht dass sie denken, das war es schon. Wenn sie nämlich jetzt mal – sagen wir mal: Sie haben Lust, ein wenig Sport zu machen. Zum Beispiel: Steppen. Da gehen sie auf ihren Boden und legen eine Steppdecke hin. Damit das nicht so laut ist, wegen der Nachbarn. Und jetzt liegt ja eine Decke auf dem Boden, also: Auf dem Boden auf dem Boden, auf dem Bodenboden, unter der Decke von dem Boden liegt eine Decke, eine Bodendecke!

Und wenn sie jetzt – nehmen wir einmal an, das ist ein niedriger Boden, das gibt es ja...

(lässt es der Raum zu, eignet sich eine Tür mit Türrahmen zur Demonstration)

Da können mit den Händen, wenn sie sich strecken, zur Decke von dem Boden reichen, und sie stehen dabei auf der Decke, also: Auf der Decke auf dem Boden von dem Boden, auf der Bodendecke, und sie reichen zur Decke, was ja auch die Bodendecke ist...

Das ist dann Äquilibristik. Die Kunst des Gleichgewichts, das ist Akrobatik: Ich habe die Hände und die Füße am gleichen Ort und falle trotzdem nicht um!

(ist die Tür offen, kann nun mit Leichtigkeit geflohen werden)

Oder wenn sie mal hier schauen, da habe ich vorhin schon geguckt, da ist die Architektur anders...

(es ist anzuraten, während der Flucht weiter zu reden, um das Publikum in den Sitzen zu halten)

Da kann man, wenn man sich jetzt hier hinstellt – oder besser, da...

(die Stimme des Protagonisten entfernt sich)

Ja, da komme ich besser dran, das ist gut...

(das Publikum bleibt ohne Künstler zurück)

―――――

(später am Abend)

Ich glaube, ich bin zu weit gegangen.

DER SCHAUSPIELER
Für eine Person und ein Publikum

Ich erinnere mich an einen Schauspieler, der sein Publikum bat aufzustehen.

Mit etwas Geduld erreichte er, dass einige aus dem Publikum seiner Bitte nachkamen und aufstanden. Der Schauspieler bedankte sich und sagte, dass er nun glücklich sei, denn er wünsche sich nichts mehr als ein Publikum, das sich wieder setzt.

Das Publikum lachte über diejenigen, die aufgestanden waren und sich nun wieder setzen sollten.

»Ich bin falsch verstanden worden«, sagte der Schauspieler. »Ich habe mich nicht bei denjenigen bedankt, die sitzen geblieben sind. Ich habe mich bei denen bedankt, die den Mut hatten aufzustehen. Es ist einfach für ein Publikum, sitzen zu bleiben. Aber ich wünsche mir ein Publikum, das sich wieder setzt.«

Menschen, die sich einlassen. Sie haben den Mut, das Ungewohnte zu tun. Sie stehen auf und werden sichtbar.

Sie wissen nicht, was auf sie zukommt. Doch für einen Moment ragen sie aus der Masse der Sitzengebliebenen heraus. Bevor ihnen gesagt wird, dass sie sich nun wieder setzen sollen. Und die Masse der Sitzengebliebenen lacht.

Warum wird soviel häufiger über die Menschen gelacht, die Mut haben? Warum lachen wir nicht über die Menschen, die feige sind?

Weil wir sie nicht sehen.

Sie sitzen mir gegenüber und ich kann sie nicht sehen. Es gibt keinen Grund zu lachen.

»Dieses ist meine Aufgabe«, sagte der Schauspieler. »Es ist mein Auftrag, Menschen zu zeigen. Menschen, die ohne mein Spiel unbemerkt bleiben würden. Die gewöhnlich nicht sichtbar sind. Menschen, zu denen wir aufsehen können. Über deren Scheitern wir lachen.

Es ist meine Aufgabe, mein Publikum zu bewegen. Ich will meine Aufgabe erfüllen. Ich könnte zufrieden sein mit einem Publikum, das dasitzt.

Ein Publikum, das da sitzt...

Doch ich wünsche mehr. Ich wünsche mir ein Publikum, das sich wieder setzt. Die Voraussetzung dafür ist ein Publikum, das bereit ist, seinen Platz aufzugeben.

Ein Publikum, das wieder steht.«

Ein kurzes Stehen – Einstehen – für ein Verständnis – Einverständnis...

Es ist nur eine Geste, ein Zeichen ähnlich dem Aneinanderschlagen der Hände – Beifall. Ein Publikum, das in Antwort auf einen Schauspieler nicht klatscht, sondern sich erhebt und sich wieder setzt.

Ich möchte um dieses Zeichen bitten.

Ich erwarte, dass sie sich verweigern. Ich wünsche mir, dass sie sich wieder setzen. Ich fordere auf zum Mitspiel und wünsche, dass sie wieder stehen.

»Abend für Abend«, sagte der Schauspieler, »bis zu dem Schlagen ihrer Hände oder ihrem Lachen über das, was sie gesehen haben, gebe ich auf, dass sie sich verweigern.«

Bitte, stehen sie auf.

WOWOETISCHES MANIFEST

Wir glauben, dass wir mit dem Älter werden klüger werden. Das ist ein Irrtum. Älter werden bedeutet nicht, dass wir klüger werden. Es bedeutet, dass wir zu uns finden. Das schließt ein Dümmer werden nicht aus.

TERMINOLOGIE

WoWo die Frage auf die Antwort
des DaDa

WoWoet Schöpferperson des WoWo,
abzuleiten von Poet

WoWoetik immer ohne h, wie Genetik

WoWoist personale Seinsform des
WoWo, der oder die WoWo ist

WoWoistin WoWo modern, WoWo ist »in«

WoWoismus Lehre des WoWo,
ein Realantagonismus

Wow O! Art des Comic, auch:
Ausruf der Begeisterung

OmOm proligiöser Zweig des WoWo,
WoWo meditativ

WAS WOWO SEI

WoWo lautet das Spiel mit den Formen von Sprache, nicht frei vom inhaltlichen Traum, doch immer im Dialog mit der Frage nach ihrer Gestalt.

Als sei das Wort ein Seelenwesen, zu Sehnsucht fähig, sucht WoWo es aus seinen Bindungen zu befreien, verführt es zu anderer, neuer Gewohnheit.

 Wobei es die unartig mit dem Wort agierenden Formen sind, das Spiel mit wegfallenden Buchstaben und Silben, mit Mehrdeutigkeit, grammatischer Perspektive, Unrechtschreibung und eigenwilliger Tonung, die auffallen.

Doch sie sind nicht mehr als Ausnahmen, die von der Regel erzählen. Bekannteste Formen vermögen WoWo zu sein, wie die Narretei der Dichtkunst, inhaltliche Aussagen in Reime zu zwingen. Worte schließen Bekanntschaft, nicht auf Grund eines Aussagezweckes, sondern auf Grund ihrer Klanggestalt.

Der Antrieb ist der Eros von Sprache. Geht es um Worte, dann um ihr Begreifen.  Das Gefallen am Körper des Gegenüber, seinem Auftreten, nicht zuletzt seiner Unbekanntheit, ist der Beginn einer Geschichte, die zu immer neuen Ausgängen führt. Hier finden die Grenzgänge WoWos statt, brechen die Bestimmungen der Worte auf, erhalten sie Leben, Anruch und Tragik.

 Und alles Ersehnte könnte Wirklichkeit sein. Wo bestehende Ordnungen ihre Vorteile definiert haben, und Bindungen Ruhe schaffen, beginnt WoWo die Verführung des Redens. WoWo lockt die Promiskuität von Sprache, ihr fremdgängerischer Spaß, all ihr Verheimlichtes und Verblößtes. Es vergeht sich aus Freude am Möglichen, verhält sich wider dem bürgerli-

chen Zwang, mit jeder Sinnfindung das eigene Ideal erfüllen zu müssen.

Die Begegnung mit dem Wort ist dabei nicht frei von seiner Historie, seinen Erfahrungen. WoWo fragt nach seiner Zugehörigkeit, übt sich in Tradition, voller Neugier – einem Kind gleich, das so viel zu lernen hat, davon andere wissen, das es gut und richtig sei. Zugleich aber sehnt es, jede Einseitigkeit zu entmachten, jede Anschauung von Zweck und Vergangenheit, die das Wort an seiner Vielseitigkeit und erzählerischen Weite hindert.

»Fragen stellen wie Hirsche – mit dem Ziel, das Opfer leben zu lassen...«

So ist WoWo Aufhören ein Zeichen besonderer Konzentration und Zugewandtheit, es begreift  sich modern und erinnert im Wort das Faulen. Das Zulassen einer Öffnung vermag zu bedeuten, dass sie verschlossen wird, aber auch, dass sie geöffnet bleibt. Jede Aufgabe ist WoWo Pflicht und Resignation zugleich, alles Begreifen muss vorerst loslassen, was es dafür hält. Damit die Hand frei ist, das Wort sich nicht als Faust dem Nächsten nähert.

 Was, aller guten Absicht zum Trotz, unerzogen ist, nicht selten widerspricht, einer in Moralen verhafteten Intelligenz suspekt sein muss. Ob lauterer Spaß an der Hülse, der Wunsch, grammatischer Bewahrung ein paar neue Regeln zu schenken, oder kreuzfidel ein Weisheitsgebilde:

Die Höflichkeit, dass etwas anders sein könnte, wirft die Etikette des Sagens um.

IMMER SCHÖN DIE BALANCE HALTEN

Friedhelm Kändler und Bühnenmeister Carsten im GOP Hannover

Foto: Toofan Hashemi

DIE EWIGKEIT

»Wir sind die Ewigkeit!«
Riefen die Samen
»Der Geburten Kreis«

Und sie erschraken

»Es ist so weiß
Ist das das Laken?«

LEGENDE

War einst eine Sahnetorte
Klopfte an des Himmels Pforte
Wär auch alles gut gewesen
Doch die Torte konnt' nicht lesen

Stand ein Schild da:
»Nur katholisch
Sondereingang apostolisch«

Ach, das Leben, das ist schwer
Doch der Tod ja noch viel mehr
Wenn nach Ablauf deiner Frist
Der Himmel bürokratisch ist

Du zudem – Analphabet
Nicht lesen kannst, was da steht

Und es gab im Himmel doch
Soviel andre Pforten noch
So viel Schilder: »Selisch
Wird man hier nur evangelisch«

»Nur für Torten, die zum Taufen
Aus Verseh'n verkehrt gelaufen«

Kompliziertes wie:

»Einlass nur für Torten, die
Gebacken, wo kein Missionar
Zwecks Seligkeit zugegen war
So dass die Torte schuldlos, doch
Bis auf die ererbte noch...«

Klammer auf: »Keine Farbigen«

Klopfst du da dann trotzdem an
Öffnet dir der Ku-Klux-Klan:

»Hui! Was haben wir denn da?
'Ne Schokotorte? Hollala!«

Nein, das ist nicht angenehm

Kapuzierte Pfirsich Crem'
Herrentorten (mit Banane)
Jagen eine Mokka Sahne

Bitte – wer historisch interessiert
Weiß, was alles schon passiert
So im Namen Jesu Christ
Der ja auch ein Weißer ist

Arabisch weiß, streng genommen
Doch bei Gott – wer ist vollkommen?

Ja, du liebe Seligkeit

Es dauerte, bis nach 'ner Zeit
Der Torte endlich dämmerte
Dass verkehrt sie hämmerte

Doch die Tür zur Rechten da
Die aus echtem Golde war
Da zu klopfen fehlte der Mut

(War auch gut
Es war die Papsttür
Und bei Schaden
Hochelektrisch aufgeladen)

Weiterhin zur Linken eine
Selbst für Torten viel zu kleine
Pforte, die geöffnet war
Davor stand ein Dromedar

Das Tor – wie ein Nadelöhr so klein
Das Kamel kam da nicht rein

Doch dann zog es einfach smart
Seine Golden Euro-Card
Ein Page, so mit Flügeln, kam
Der das Tier am Zügel nahm

»Bitte hier lang...«

Ach...

Die Torte seufzte und
Schlug sich neu die Finger wund
Sie gab nicht auf – nein
Sie wollte in die Himmel rein:
»Öffne doch! Petrus, bitte!«

»Hör ich da 'ne Sahneschnitte?«

Ja, der Fels der Kirchen – Petrus, er
Hört zwar mittlerweile schwer
Hat auch höllisch viel zu tun

Nun... 2000 Jahre
Das ist genügend Zeit
Für 'ne Menge Kirchenstreit
Und dann braucht es hinterher
Wieder eine Pforte mehr

Konfessionell – und dann
Was man noch so unterscheiden kann:

Menschen – Frauen

Im paulinischen Sinn
Dass ich als Frau ein Rippchen bin
Besser schweigend
In der Gemeinde Kreis

Und verdeckt! Ein jeder weiß:
Es stört des Mannes Gebet
Wenn eine Frau ›bloß‹ da steht...

Zurück zu unserer Torte

Petrus öffnete die Himmelspforte
Es gab ja nicht weit entfernt
Ein Kondi-Tor

Nur war es rar, dass es geschah
Kam es selten vor:

Gebäck klopft an – zwecks Ewigkeit
So nach dem Tod
Klar. Das traut sich doch höchstens
'n Knäckebrot
So'n Puritanerkeks – egal, noch mal:

Petrus hörte unsre Torte
Öffnete die Kondi-Pforte:

»Nanu? Bist du tot? Oder süßer Besuch?«

Gleich schaute er ins große Buch
»Mal gucken
Was steht hier wohl drin?«

»Dass ich schlecht geworden bin?«

Ja...

Es war des Wartens schlimmer Tribut
Die Sahnetorte war nicht mehr gut

Sie war schon prekär
Als sie gestorben
Doch nun von Grund auf schlecht
Verdorben

»Sorry«, sprach Petrus, »ein ander Mal
Ich tät es lieben, es wär genial

Ich mein – stell ich mir nur mal vor
Zum Jubiläum im Engelschor
Ne Sahnetorte – oder auch
Wozu ich bloß 'ne Gabel brauch...

Doch muss ich mich halten
An die Statuten
Wir akzeptieren nur die Guten

Und
Schau dich an – du bist verschimmelt
Für dich hat es sich ausgehimmelt«

Klare Worte – grausam klar
Womit dann auch für uns're Torte
Der Himmel gestorben war

Eine Zeit hat sie noch gejammert
Sich empört
Dann gemerkt, dass es niemand hört...

Und alle Hoffnung aufgegeben
Entschied sie
Dass Torten nicht ewig leben
Sie sprach:

(Eine Schwalbe, die sehr hoch geflogen
Hat es mitnotiert – ungelogen!)

»Wir sind geworfen in diese Welt
Mit Datum, wann uns der Leib verfällt
Und Hoffnung – sie stirbt als letzte Qual
Wenn nicht auf Erden, dann

Hier
In der Ewigkeit Wartesaal
Wo Tür neben Tür
Geschaffen
Von der Wut der Bürokratie
Der Zimmermänner Gottes, der Pfaffen
Die
Sich einen Himmel der Türen
Geschaffen

Wo es Liebe braucht
Liebe!

Sie ist

Gestorben – am Türbalkenkreuz des
Hochmuts der Zeit
Gestorben – im Gemetzel um Gottes
Gerechtigkeit
Gestorben – nach 2000 Jahren

Ihr Kekse der Erde
Lasst alle Hoffnung fahren!

Euer Träumen
Es nährt nur der Gottkreuzler
Natterngezücht
Gönnt den Himmeln eure Sehnsucht
nicht!

Schliesst eure Herzen
Macht gleich den Türen eure Herzen
zu

Dann ist Verlorenheit
Und endlich Ruh...

Wer bist du?

Uh Gott
Ich bin
Drin«

Ja...

So waren ihre letzten Worte
Eine Märtyrertorte

So wird erzählt
Am Ende doch noch von Gott erwählt

Und sie wurd auch
Nach wenigen Wochen
Vom Konzil der Gebäcke
Heilig gesprochen

Worauf die Oblaten
Austraten

(Seitdem gibt's Chips)

Ist wirklich so passiert
Sie haben sich aus Protest
reformiert

Das war der Kekskirchenstreit
Doch – das führt jetzt zu weit

Ich wollte eine Geschichte erzählen,
eine Legende

Ende

ÜBER DIE ZEIT
(mit gereichten Kartoffelchips)

Ich denke, es ist angemessen. In einer Zeit der Computer, im Zeitalter der Informationen...

Chips – die Orte der Erinnerung. Orte der Sicherheit, wenn es nicht gerade zu einem Absturz kommt...

Speicherorte der Erfahrung. Der Wahrheit...

Alles, dessen wir uns sicher sein können. Was wir erfahren haben. Was sich tatsächlich betragen hat. Gespeichert als Erinnerung...

Das Gestern.

Oder auch: Das GeStern. Die Fixsterne der Vergangenheit. Was war, wahr war.

Darum heißt es: War. Es war wahr. Darum sagen die Jugendlichen auch »Wa«. Wenn sie sich versichern.

Sie fragen nach der Wahrheit: »Is Klasse, wa?«

Die Sicherheit des GeStern. Was war, war wahr. Was sich sicher vergangen hat – an uns...

Und was da wäre...

Was da wäre, muss sich immer erst noch bewähren, muss sich auch wehren gegen das, was war – WaWa. Bis es sich lange genug gewehrt hat, sich bewährt hat, es ist wertvoll geworden...

Ein Wert ist ein Wert, weil er sich wehrt.

Nicht, weil er der Beste ist. Weil er am stärksten ist. Das muss nicht gut sein. Es ist nur beWert.

WaWa...

Es hat sich durchgesetzt, entschieden auf dem Zukunftsweg.

Die Vielzahl der Möglichkeiten... Darum sagen wir auch: Es wird. Weil es wirrt. Die Zukunft – weil es verwird!

Die Morgen...

Ein Begriff aus der Landwirtschaft. Die vor uns liegenden Morgen der Zeit, und mit jedem Schritt entscheidet sich neu, was war. Und muss wieder entschieden werden, was wirrt...

Der nächste Schritt...

Hinter uns das GeStern, vor uns die Morgen – und dazwischen schälen sich die Heute der Zeit.

Und manchmal brennen sie die Augen. Weil die Tage so scharf sind...

Wahr ist, was war. Alles andere wirrt...

Die Zeit, die so wenig verzeiht. Sie vergeht sich – an uns...

Und wir vergehen fort. Wir werden...

Es ist die wiederkehrende Frage. Über die Zeit. Die Frage: Werdenn...?

Werdenn ich wahr...? Werdenn ich bin? Werdenn... Werde ich sein...?

STERNENZEIT

Erneut beginnt der Reise Pflicht
Du hattest Zeit, dich zu entscheiden
Das eine ja, das and're nicht...
Hier etwas Glück, dort etwas Leiden

Nun baut ein güld'nes Engelein
Bevor die Himmel dich verwerfen
Dir eine kleine Sonne ein
Ein wild' Geflecht aus lauter Nerven

Darin mit Liebe eingepasst
Das Glück und Elend deiner Tage
So wie du es entschieden hast
Als Antwort auf des Engels Frage

»Welch' Leben soll es diesmal sein?«

Dann heißt es leiden und genießen
Bis wir geliebt – oder allein
Den Kreis und uns're Augen schließen

Es folgt der Sinn: Das Leiden war
Gleich wie auch alles Glück des Lebens
Die Angst zu nehmen, einzig da

Es ist kein Atemzug vergebens
Kein Seufzer und kein Jubelschrei
Wenn endlich wir die Angst verlieren
Und geben alle Hoffnung frei

Wie viel muss doch an Not passieren
An Liebe, Wahn und Lebenslust
Bis endlich strahlend schön es funkelt
Das Sonngeflecht in uns'rer Brust

Verlangen, das den Sinn verdunkelt
Es ist verhungert mit der Zeit
Die wir den Kampf ums Glück vergessen
Und alles ist Gelassenheit

Das Träumen nicht von Angst besessen
Die Macht des Lebens nun verloren

Es ist zu Ende – und es brennt
Aus deiner Wanderschaft geboren
Ein neuer Stern am Firmament

»Es gibt ihn – den Gral des WoWo, darin die dreiseitige Münze.«

Jan Meszie, 1981, geflüstert